Protichůdné Strany

Protichůdné Strany

ALDIVAN TORRES

Canary Of Joy

CONTENTS

1 | 1

1

Protichůdné strany
Aldivan Teixeira Torres
Protichůdné strany
Autor: Aldivan Teixeira Torres
© 2017 – Aldivan Teixeira Torres
Všechna práva vyhrazena

Tato kniha, včetně všech jejích částí, je chráněna autorskými právy a nelze ji bez souhlasu autora reprodukovat, prodávat ani převádět.

Akademické kvalifikace: Titul z matematiky se specializací na stejnou oblast.

Krátká biografie: Aldivan Teixeira Torres vytvořil seriál vidoucí, synové série světla, poezie a scénářů. Jeho literární kariéra začala na konci roku 2011 vydáním jeho prvního románku. Z jakéhokoli důvodu přestal psát až v druhé polovině roku 2013. Svou kariéru obnovil až od té doby. Doufá, že jeho psaní přispěje k brazilské kultuře a vzbudí potěšení ze čtení u těch, kteří dosud nemají zvyk. Jeho mottem je "Za literaturu, rovnost, bratrství, spravedlnost, důstojnost a čest lidské bytosti na věky".

"Království nebeské je jako člověk, který na poli zasel dobré semeno. Jednou v noci, když všichni spali, přišel jeho nepřítel, zasel mezi pšenici trávu a utekl. Když pšenice rostla a uši se začaly formovat, objevila se také plevel. Zaměstnanci hledali majitele a řekli mu. "Pane, nezasel jsi do svého pole dobré semeno? Odkud tedy přišla plevel?" Majitel odpověděl: "Byl to nepřítel, který to udělal." Zaměstnanci se zeptali: "Vytáhneme trávu?" Majitel odpověděl: "Nedělej. Může se stát, že po vykořenění plevelů získáte také pšenici. Nechte to růst společně až do sklizně. A v době sklizně řeknu rozsévačům: Nejprve začněte s plevelem a svažte jej do svazků, které budou spáleny. Pak shromáždi pšenici do mé stodoly. "Matouš 13: 24–30.

Nová éra
Posvátná hora
Chata
První výzva
Druhá výzva
Duch hory
Rozhodný den.
Mladá dívka
Třes
Je rozhodný před posledním úkolem.
Třetí výzva
Jeskyně zoufalství
Zázrak

Nová éra

  Po neúspěšném pokusu o vydání knihy cítím, jak se moje síla obnovuje a posiluje. Koneckonců věřím ve svůj talent a věřím, že si splním své sny. Dozvěděl jsem se, že všechno se děje ve svém vlastním čase a věřím, že jsem dostatečně zralý na to, abych uskutečnil své cíle. Pamatujte si vždy: Když něco opravdu chceme, svět se spikne, aby se to stalo. Tak se cítím: obnovený silou. Když se ohlédnu zpět, myslím na díla, která jsem četl tak dávno, což jistě obohatilo moji kulturu a mé znalosti. Knihy nás vedou atmosférou a pro nás neznámými vesmíry. Cítím, že musím být součástí této historie, velké historie, kterou je literatura. Nezáleží na tom, jestli zůstanu v anonymitě nebo se stanu skvělým autorem, který je uznáván po celém světě. Důležitý je příspěvek každého z nich do tohoto velkého vesmíru.

Jsem rád za tento nový přístup a připravuji se na velkou cestu. Tato cesta změní můj osud a také osudy těch, kteří mohou trpělivě číst tuto knihu. Pojďme společně v tomto dobrodružství.

Přípravy

Balím kufr svými osobními předměty nejvyšší důležitosti: nějaké oblečení, nějaké dobré knihy, můj neodmyslitelný kříž a bible a nějaký papír na psaní. Cítím, že z této cesty načerpám spoustu inspirace. Kdo ví, možná se stanu autorem nezapomenutelného příběhu, který se zapíše do historie. Než půjdu, musím se však rozloučit se všemi (zejména s matkou). Je přehnaně ochranná a nenechá mě jít bez dobrého důvodu nebo alespoň se slibem, že se brzy vrátím. Cítím, že jednoho dne budu muset křičet svobodu a létat jako pták, který si vytvořil vlastní křídla ... a ona to bude muset pochopit, protože nepatřím jí, ale spíše vesmír, který mě přivítal, aniž by na oplátku vyžadoval cokoli ode mě. Právě pro vesmír jsem se rozhodl stát se spisovatelem, plnit svou roli a rozvíjet svůj talent. Když dorazím na konec cesty a udělám něco ze sebe, budu připraven vstoupit do společenství s tvůrcem a naučit se nový plán. Jsem si jist, že v tom budu mít také zvláštní roli.

Popadl jsem kufr a cítím, jak ve mně stoupá úzkost. Přicházejí na mysl otázky a ruší mě: Jaká bude tato cesta? Bude neznámé nebezpečné? Jaká opatření mám přijmout? Vím však, že to bude pro mou kariéru podnětné a jsem ochoten to udělat. Sevřel jsem kufr (znovu) a před odjezdem vyhledal rodinu, aby se rozloučila. Moje matka je v kuchyni a připravuje oběd se sestrou. Přibližuji se a řeším zásadní problém.

"Vidíte tu tašku? Bude to můj jediný společník (kromě vás, čtenářů) na výletě, na který jsem připraven. Hledám moudrost, znalosti a potěšení ze své profese. Doufám, že rozumíte rozhodnutí, které jsem přijal, a souhlasíte s ním. Přijít; obejmi mě a přeji hodně štěstí.

"Můj synu, zapomeň na své cíle, protože pro chudé lidi, jako jsme my, jsou nemožné. Už jsem řekl tisíckrát: Nebudeš idol ani nic podobného. Pochopte: Nenarodili jste se, abyste byli skvělým mužem " řekla Julieta, má matka.

"Poslouchejte naši matku. Ví, o čem mluví, a má naprostou pravdu. Váš sen je nemožný, protože nemáte talent. Přijměte, že vaším úkolem je být pouhým učitelem matematiky. Nepůjdete dál než to " řekla Dalva, má sestro.

"Tak tedy žádná objetí? Proč nevěříte, že můžu být úspěšný? Zaručuji vám: I když zaplatím za uskutečnění svého snu, budu úspěšný, protože skvělý člověk je ten, kdo věří sám v sebe. Udělám tuto cestu a objevím vše, co se dá odhalit. Budu šťastný, protože štěstí spočívá v následování cesty, kterou Bůh osvěcuje všude kolem nás, abychom se stali vítězi.

Když už jsem to řekl, směřuji ke dveřím s jistotou, že na této cestě zvítězím: cesta, která mě zavede do neznámých cílů.

Posvátná hora

Kdysi dávno jsem slyšel o extrémně nehostinné hoře v oblasti Pesqueira. Je součástí pohoří Ororubá (domorodé jméno), kde žijí domorodí obyvatelé Xukuru. Říká se, že po smrti tajemného léčitele z jednoho z kmenů Xukuru se stalo posvátným. Dokáže uskutečnit jakékoli přání, pokud je záměr čistý a upřímný. To je výchozí bod mé cesty, jehož cílem je uskutečnit nemožné. Věříte čtenářům? Pak zůstaňte se mnou a věnujte zvláštní pozornost vyprávění.

Po dálnici BR"232 se do vesnice Pesqueira, přibližně patnáct mil od centra, dostává Mimoso, jedna z jejích čtvrtí. Moderní most, který byl nedávno postaven, umožňuje přístup k místu, které leží mezi horami Mimoso a Ororubá a je zalité řekou Mimoso, která vede až na dno údolí. Posvátná hora je přesně v tomto bodě, a to je místo, kde řídím.

Posvátná hora se nachází hned vedle okresu a za krátkou dobu jsem na jejím úpatí. Moje mysl bloudí prostorem a vzdáleným časem a představuje si neznámé situace a jevy. Co mě čeká při výstupu na tuto horu? Určitě to budou oživující a stimulující zážitky. Hora je malého vzrůstu (2300 stop) a při každém kroku se cítím jistější, ale také očekávání. Vzpomínky přicházejí na mysl intenzivních zážitků, které jsem prožil během svých dvaceti šesti let. V tomto krátkém období došlo k mnoha fantastickým událostem, díky nimž jsem věřil, že jsem zvláštní. Postupně můžu tyto vzpomínky s vámi, čtenáři, sdílet bez viny. Nyní však není čas. Budu pokračovat po horské stezce a hledat všechny své touhy. V to doufám a poprvé jsem unavený. Cestoval jsem polovinu trasy. Necítím fyzické vyčerpání, ale hlavně duševní kvůli podivným hlasům, které mě žádají, abych se vrátil. Trvají docela dost. Nevzdávám se však snadno. Chci dosáhnout vrcholu hory pro všechno, co stojí za to. Hora pro mě dýchá vzduchem změn, které vyzařují pro ty, kteří věří v její svatost. Když se tam dostanu, myslím, že budu přesně vědět, co mám dělat, abych se dostal na cestu, která mě povede touto cestou, na kterou jsem tak dlouho čekal. Zachovávám svou víru a své cíle, protože mám Boha, který je Bohem nemožného. Pojďme pokračovat v chůzi.

Už jsem prošel tři čtvrtiny cesty, ale přesto mě pronásledují hlasy. Kdo jsem? Kam jdu Proč mám pocit, že se můj život po zážitku na hoře dramaticky změní? Kromě hlasů se zdá, že jsem na silnici sám. Je možné, že ostatní spisovatelé pocítili, že to samé jde po posvátných cestách? Myslím, že moje mystika bude na rozdíl od jakékoli jiné. Musím pokračovat, musím překonat a vydržet všechny překážky. Trny, které zraňují mé tělo, jsou pro člověka extrémně nebezpečné. Pokud tento výstup přežiji, už bych se považoval za vítěze.

Krok za krokem jsem blíž k vrcholu. Už jsem od toho jen pár stop. Zdá se, že pot, který stéká po mém těle, je zalitý posvátnými vůněmi hory. Na chvíli se zastavím. Budou mít obavy moji blízcí? No, teď na tom opravdu nezáleží. V tuto chvíli musím myslet na sebe, abych se dostal na vrchol hory. Moje budoucnost závisí na tom. Ještě pár kroků a dorazím na vrchol. Fouká studený vítr, mučené hlasy mi pletou úvahy a necítím se dobře. Hlasy křičí:

"Uspěl, bude oceněn! "Je to vůbec hodné? "Jak se mu podařilo vylézt na celou horu? Jsem zmatená a mám závratě; Nemyslím si, že mi je dobře.

Ptáci pláčou a paprsky slunce mi hladí celý obličej. Kde jsem? Mám pocit, jako bych se den předtím opil. Snažím se vstát, ale brání mi paže. Vidím, že po mém boku je žena středního věku, s rudými vlasy a opálenou pokožkou.

"Kdo jsi? Co se mi stalo? Bolí mě celé tělo. Moje mysl se cítí zmatená a neurčitá. Je to všechno způsobeno tím, že jste na vrcholu hory? Myslím, že jsem měl zůstat ve svém domě. Moje sny mě podnítily až do tohoto bodu. Vylezl jsem na horu pomalu, plný naděje na lepší budoucnost a určitý směr k osobnímu růstu. Prakticky se však nemohu hýbat. Vysvětlete mi to všechno, prosím vás.

"Jsem strážcem hory. Jsem duch Země, který fouká sem a tam. Byl jsem sem poslán, protože jste vyhráli výzvu. Chcete uskutečnit své sny? Pomůžu ti v tom, Boží dítě! Stále musíte čelit mnoha výzvám. Připravím tě. Neboj se. Váš Bůh je s vámi. Trochu si odpočiňte. Vrátím se s jídlem a vodou, abych vyhověl vašim potřebám. Mezitím se uvolněte a meditujte jako vždy.

Když to řekla, dáma zmizela z mého vidění. Tento znepokojivý obraz ve mně zanechal více zoufalství a plný pochybností. Jaké výzvy bych musel vyhrát? Z jakých kroků se tyto výzvy skládaly? Vrchol hory byl opravdu velmi nádherné a klidné místo. Z výšky bylo vidět malou aglomeraci domů v Mimoso. Je to náhorní plošina plná strmých cest ze všech stran plná vegetace. Toto posvátné místo, nedotčené přírodou, skutečně splní mé plány? Bylo by ze mě po odchodu spisovatel? Na tyto otázky mohl odpovědět jen čas. Vzhledem k tomu, že žena chvíli trvala, začal jsem meditovat na vrcholu hory. Použil jsem následující techniku: Nejprve si vyčistím mysl (bez jakýchkoli myšlenek). Začal jsem přicházet do souladu s přírodou kolem mě a mentálně uvažoval o celém místě. Od té doby začínám chápat, že jsem součástí přírody a že jsme plně propojeni ve velkém rituálu společenství. Moje mlčení je ticho matky přírody; můj pláč je také její pláč; Postupně začínám pociťovat její touhy a touhy a naopak. Cítím její zoufalý výkřik o pomoc s prosbou o záchranu jejího života před ničením lidí: odlesňování, nadměrná těžba, lov a rybolov, emise znečišťujících plynů do atmosféry a další lidská zvěrstva. Stejně tak mě poslouchá a podporuje mě ve všech mých plánech. Během mé meditace jsme úplně propojeni. Veškerá harmonie a spoluvina mě nechala naprosto tichým a soustředěným na mé touhy. Dokud se něco nezměnilo: Cítil jsem stejný dotek, který mě jednou probudil. Pomalu jsem otevřel oči a viděl, že jsem tváří v tvář téže ženě, která si říkala strážkyně posvátné hory.

"Vidím, že rozumíte tajemství meditace. Hora vám pomohla objevit trochu ze svého potenciálu. Budete růst mnoha způsoby. Během tohoto procesu vám pomůžu. Nejprve vás požádám, abyste se obrátili k přírodě a našli krokve, lamely, rekvizity a lana, které postaví chatu, a pak palivové dřevo, abyste vytvořili oheň. Noc se již blíží a vy se musíte chránit před divokými zvířaty. Od zítřka vás naučím moudrosti lesa, abyste mohli překonat skutečnou výzvu: jeskyně zoufalství. Oheň jeho analýzy přežije pouze srdce čisté. Chcete uskutečnit své sny? Pak za ně zaplatit cenu. Vesmír nedává nikomu nic zadarmo. Jsme to my, kdo se musí stát hodnými, aby dosáhl úspěchu. Toto je poučení, které se musíte naučit, můj synu.

"Rozumím. Doufám, že se naučím vše, co potřebuji k překonání výzvy jeskyně. Netuším, co to je, ale jsem si jistý. Pokud překonám horu, uspěju také v jeskyni. Když odcházím, myslím, že budu připraven vyhrát a mít úspěch.

"Počkejte, nebuďte si tak jistí. Neznáš jeskyni, o které mluvím. Vězte, že mnoho válečníků již bylo vyzkoušeno jeho palbou a bylo zničeno. Jeskyně neprojevuje nikomu soucit, dokonce ani snílkům. Mějte trpělivost a naučte se všechno, co vás naučím. Tak se stanete skutečným vítězem. Pamatujte: Sebevědomí pomáhá, ale pouze ve správném množství.

"Rozumím. Děkuji za všechny vaše rady. Slibuji vám, že se jím budu řídit až do konce. Když mě bičuje zoufalství, připomenu si vaše slova a také si připomenu, že můj Bůh mě vždy zachrání. Když v temné noci duše nebude úniku, nebudu se bát. Porazím jeskyni zoufalství, jeskyni, které nikdy nikdo neunikl!

Žena se rozloučila přátelsky slibným návratem v jiný den.

Chata

Objeví se nový den. Ptáci pískají a zpívají své melodie, vítr je severovýchod a jeho vánek osvěžuje slunce, které v této roční době prudce stoupá. Aktuálně je prosinec a tento měsíc pro mě představuje jeden z nejkrásnějších měsíců, protože je začátkem školních prázdnin. Je to zasloužená přestávka po dlouhém roce věnovaném studiu na vysokoškolském kurzu matematiky; V okamžiku, kdy můžete zapomenout na všechny integrály, derivace a polární souřadnice. Teď se musím starat o všechny výzvy, které na mě život vrhne. Moje sny na tom závisí. Bolí mě záda v důsledku špatné noci spánku ležící na zbité zemi, kterou jsem připravil jako postel. Chata, kterou jsem postavil s neuvěřitelným úsilím, a oheň, který jsem zapálil, mi v noci poskytly jistou jistotu. Mimo to jsem však slyšel vytí a kroky. Kam mě vedly mé sny? Odpověď je na konec světa, kam civilizace ještě nedorazila. Co bys udělal, čtenáři? Riskovali byste také výlet, abyste splnili své nejhlubší sny? Pojďme pokračovat v příběhu.

Zabalený do svých vlastních myšlenek a otázek jsem si trochu neuvědomil, že po mém boku byla ta podivná dáma, která mi slíbila, že mi na cestě pomůže.

"Spal jsi dobře?

"Pokud to dobře znamená, že jsem stále celý, ano.

"Před čímkoli vás musím varovat, že půda, po které šlapete, je posvátná. Nenechte se proto zmást vzhledem nebo impulzivností. Dnes je vaše první výzva. Už vám nepřinesu jídlo ani vodu. Najdete je podle svého vlastního účtu. Následujte své srdce ve všech situacích. Musíte prokázat, že jste hodni.

"Je v tomto podrostu jídlo a voda a měl bych je shromáždit? Podívejte, madam, jsem zvyklý nakupovat v supermarketu. Vidíte tuto kajutu? Stálo mě to pot a slzy, a přesto si nemyslím, že je to bezpečné. Proč mi nedáte dar, který potřebuji? Myslím, že jsem se osvědčil v okamžiku, kdy jsem vystoupil na tu strmou horu.

"Hledejte jídlo a vodu. Hora je jen krokem v procesu vašeho duchovního zdokonalování. Stále nejste připraveni. Musím vám připomenout, že neuděluji dárky. Nemám k tomu moc. Jsem jen šipka, která označuje cestu. Jeskyně je tím, kdo splní vaše přání. Říká se jí jeskyně zoufalství, kterou vyhledávají ti, jejichž sny se od té doby staly nemožnými.

"Chystám se to zkusit. Už nemám co ztratit. Jeskyně je moje poslední naděje na úspěch.

Když jsem to řekl, vstávám a začínám první výzvu. Žena zmizela jako kouř.

První výzva

Na první pohled vidím, že přede mnou je vyšlapaná cesta. Začínám to kráčet. Místo podrostu plného trní by bylo nejlepší sledovat stopu. Kameny, které moje kroky zametají, mi zřejmě něco říkají. Může se stát, že jsem na správné cestě? Přemýšlím o všem, co jsem po sobě zanechal při hledání svého snu: domov, jídlo, čisté oblečení a moje matematické knihy. Opravdu to stojí za to? Myslím, že to zjistím. (Čas ukáže). Zdálo se, že ta podivná žena mi neřekla všechno. Čím víc jsem chodil, tím méně jsem našel. Nyní, když jsem dorazil, se nezdálo, že by byl tak rozsáhlý. Světlo ... vidím světlo před sebou. Musím tam jít. Dorazím na prostornou mýtinu, kde sluneční paprsky jasně odrážejí vzhled hory. Stezka končí a znovu se rodí do dvou odlišných cest. Co mám dělat? Chodil jsem hodiny a zdá se, že moje síla byla vyčerpaná. Na chvíli si sednu k odpočinku. Dvě cesty a dvě možnosti. Kolikrát v životě se setkáváme s takovými situacemi; Podnikatel, který si musí vybrat mezi přežitím společnosti nebo zánikem některých zaměstnanců; Chudá matka zázemí v severovýchodní části Brazílie, která si musí vybrat, které ze svých dětí bude krmit; Nevěrný manžel, který si musí vybrat mezi svou ženou a svou milenkou; Každopádně v životě existuje mnoho různých situací. Moje výhoda je, že moje volba bude mít vliv pouze na mě. Musím se držet své intuice, jak žena doporučila.

Vstávám a volím cestu vpravo. Na této cestě dělám velké pokroky a netrvalo dlouho, než jsem zahlédl další mýtinu. Tentokrát narazím na kaluž vody a kolem ní nějaká zvířata. Ochlazují se v čisté a průhledné vodě. Jak mám postupovat? Konečně jsem našel vodu, ale je plná zvířat. Konzultuji své srdce a říká mi, že každý má právo na vodu. Nemohl jsem je prostě zastřelit a také je o to připravit. Příroda poskytuje dostatek zdrojů pro přežití svých lidí. Jsem jen jeden z pramenů na webu, který splétá. Nejsem nadřazený do té míry, že se považuji za jeho pána. Rukama sáhnu do vody a naliju ji do malého hrnce, který jsem si přinesl z domova. První část výzvy je splněna. Teď musím najít jídlo.

Stále kráčím po stezce a doufám, že najdu něco k jídlu. Moje žaludek vrčí, když už je poledne. Začínám se dívat po stranách stezky. Možná je jídlo uvnitř lesa. Jak často hledáme nejjednodušší cestu, ale není to ta, která vede k úspěchu? (Ne každý horolezec, který sleduje stezku, je první, kdo dosáhne vrcholu hory). Klávesové zkratky vás rychle dovedou k cíli. S touto myšlenkou opouštím stezku a krátce poté najdu banán a kokosovou palmu. Od nich dostanu jídlo. Musím na ně vylézt se stejnou silou a vírou, jakou jsem vylezl na horu. Zkusím to jednou, dvakrát, třikrát. Uspěl jsem. Teď se vrátím do chaty, protože jsem dokončil první výzvu.

Druhá výzva

Když jsem dorazil k mé chatrči, shledal jsem strážce hory, který vypadá brilantněji než kdy jindy. Její oči nikdy neodcházely od mých. Myslím, že jsem pro Boha velmi zvláštní. Vždycky cítím jeho přítomnost. Vzkřísí mě ve všech směrech. Když jsem byl nezaměstnaný, otevřel dveře; když jsem neměl žádné příležitosti profesionálně růst, dal mi nové cesty; když mě v době krize vysvobodil z pout Satana. Ten souhlasný pohled od podivné ženy mi každopádně připomněl muže, se kterým jsem donedávna byl. Mým současným cílem bylo vyhrát bez ohledu na překážky, které jsem musel překonat.

"Tak jste vyhráli první výzvu. Blahopřeji vám. (Vykřikla žena). První výzva měla za cíl prozkoumat vaši moudrost a schopnost rozhodovat a sdílet. Tyto dvě cesty představují "opačné strany", které vládnou vesmíru (dobro a zlo). Lidská bytost se může svobodně rozhodnout pro kteroukoli cestu. Pokud si někdo zvolí cestu vpravo, bude osvětlen pomocí andělů ve všech okamžicích svého života. To byla cesta, kterou jste si vybrali. Není to však snadná cesta. Pochybnosti vás často napadnou a budete se divit, zda tato cesta vůbec stála za to. Lidé na celém světě budou vždy zraňováni a využijí vaši dobrou vůli. Důvěra, kterou vložíte do ostatních, více vás téměř zklame. Když se rozčílíte, pamatujte: Váš Bůh je silný a nikdy vás neopustí. Nikdy nedovolte, aby vaše srdce převrátilo bohatství nebo chtíč. Jsi zvláštní a kvůli své hodnotě tě Bůh považuje za svého syna. Nikdy nespadni z této milosti. Cesta vlevo patří každému, kdo se vzbouřil na Pánovo volání. Každý z nás se narodil s božským posláním. Někteří se však od toho odchylují s materialismem, špatnými vlivy, poškozením srdce. Ježíš nás naučil, že ti, kdo si zvolí cestu vlevo, nekončí s příjemnou budoucností. Každý strom, který nedává dobré ovoce, bude vykořeněn a uvržen do vnější temnoty. To je osud špatných lidí, protože Pán je spravedlivý. V té době, kdy jste našli vodní díru a ta žalostná zvířata, vaše srdce promluvilo hlasitěji. Poslouchejte to vždy a půjdete daleko. V tu chvíli na vás zářil dar sdílení a váš duchovní růst byl překvapivý. Moudrost, kterou jste mi pomohli najít jídlo. Nejjednodušší cesta není vždy ta správná. Myslím, že nyní jste připraveni na druhou výzvu. Za tři dny vyjdete ze své chýše a budete hledat fakta. Jednejte podle svého svědomí. Pokud projdete, přejdete na třetí a poslední výzvu.

"Děkuji, že jste mě celou dobu doprovázel. Nevím, co mě v jeskyni čeká, ani nevím, co se mi stane. Váš příspěvek je pro mě velmi důležitý. Od té doby, co jsem vylezl na horu, cítím, že se můj život změnil. Jsem klidnější a sebevědomější, co chci. Splním druhou výzvu.

"Velmi dobře. Uvidíme se za tři dny.

Když to řekla, dáma znovu zmizela. Nechala mě v klidu večera samotného spolu s cvrčky, komáry a jiným hmyzem.

Duch hory

Noc padá nad horou. Zapálím oheň a jeho praskání uklidňuje mé srdce. Jsou to dva dny, co jsem vylezl na horu, a stále mi to připadá jako takový cizinec. Moje myšlenky bloudí a přistávají v dětství: Vtipy, obavy, tragédie. Dobře si pamatuji den, kdy jsem se oblékl jako Ind: S lukem, šípem a tomahavkem. Nyní jsem byl na hoře, která byla posvátná, právě kvůli smrti záhadného domorodého muže (lékařského kmene kmene). Musím myslet na něco jiného, protože strach mi mrazí duši. Ohlušující zvuky obklopují mou chatrč a já netuším, co nebo kdo jsou. Jak lze překonat strach při takové příležitosti? Odpovězte mi, čtenáři, protože nevím. Hora je pro mě stále neznámá.

Hluk se přibližuje stále blíž a já nemám kam uprchnout. Opustit chatu by bylo pošetilé, protože mě mohla pohltit divoká zvířata. Budu muset čelit čemukoli. Šum přestane a objeví se světlo. Ještě více se bojím. Se závanem odvahy zvolávám:

"Kdo je tam ve jménu Boha?

Hlas, nasalizovaný temným zvukem, odpoví:

"Jsem odvážný válečník, kterého zničila jeskyně zoufalství. Vzdejte se svého snu, jinak budete mít stejný osud. Byl jsem malý domorodý muž z vesnice v národě Xukuru. Toužil jsem být šéfem svého kmene a být silnější než lev. Podíval jsem se tedy na posvátnou horu, abych dosáhl svých cílů. Vyhrál jsem tři výzvy, které mi vnucoval strážce hory. Když jsem však vstoupil do jeskyně, pohltil mě její oheň, který rozbil mé srdce a mé cíle. Dnes můj duch trpí a beznadějně se drží této hory. Poslouchejte mě, jinak vás čeká stejný osud.

Můj hlas ztuhl v krku a na okamžik jsem nemohl reagovat na umučeného ducha. Zanechal po sobě přístřeší, jídlo, teplé rodinné prostředí. V jeskyni mi zůstaly dvě výzvy, jeskyně, která dokázala uskutečnit nemožné. Nevzdal bych se snadno svého snu.

"Poslouchejte mě, statečný válečníku. Jeskyně neprovádí drobné zázraky. Pokud jsem zde, je to ze vznešeného důvodu. Nepředpokládám hmotné zboží. Můj sen přesahuje to. Chtěl bych se profesionálně a duchovně rozvíjet. Stručně řečeno, chci pracovat, dělat to, co mě baví, zodpovědně vydělávat peníze a přispívat svým talentem pro lepší vesmír. Svého snu se nevzdávám tak snadno.

Duch odpověděl:

"Znáš jeskyni a její pasti? Nejste nic jiného než chudý mladý muž, který si neuvědomuje extrémní nebezpečí na cestě, po které kráčí. Strážce je šarlatán, který vás klame. Chce tě zničit.

Naléhání mě strašilo. Znal mě náhodou? Bůh ve své milosti nedovolil mé selhání. Bůh a Panna Maria byli vždy efektivně po mém boku. Důkazem toho byla různá zjevení Panny Marie po celý můj život. V "Vize média" (kniha, kterou jsem dosud nepublikoval) je popsána scéna, kde sedím na lavičce na náměstí, agitují mě ptáci a vítr, a jsem hluboce zamyšlen nad světem a životem obecně. Najednou se objevila postava ženy, která se mě při pohledu zeptala:

"Věříte v Boha, můj synu?

Pohotově jsem odpověděl:

"Jistě a se všemi mými bytostmi.

Okamžitě mi položila ruku na hlavu a modlila se:

"Kéž vás Bůh slávy pokryje světlem a dá vám mnoho darů.

Když to řekla, odešla, a když jsem si to uvědomil, už nebyla po mém boku. Prostě zmizela.

Bylo to první zjevení Panny v mém životě. Znovu se přestrojila za žebráka a přišla ke mně s žádostí o změnu. Řekla, že byla farmářka, a ještě nebyla v důchodu. Snadno jsem jí dal nějaké mince, které jsem měl v kapse. Po obdržení peněz mi poděkovala, a když jsem si to uvědomil, zmizela. V tu chvíli jsem na hoře nepochyboval, že mě Bůh miluje a že je po mém boku. Proto jsem na ducha reagoval s určitou hrubostí.

"Nebudu poslouchat vaše rady. Znám své limity a svou víru. Odejít! Jděte strašit do domu nebo tak něco. Nech mě na pokoji!

Světla zhasla a já jsem zaslechl zvuk kroků opouštějících chatu. Byl jsem osvobozen od ducha.

Rozhodný den.

Od druhé výzvy uplynuly tři dny. Bylo páteční ráno, jasné, slunečné a jasné. Dnes ráno jsem uvažoval o obzoru, když se podivná žena přiblížila.

"Jsi připraven? Hledejte neobvyklou událost v lese a postupujte podle svých zásad. Toto je váš druhý test.

"Dobře, tři dny čekám na tuto chvíli. Myslím, že jsem připraven."

Spěšně mířím k nejbližší stezce, která umožňuje přístup do lesa. Moje kroky následovaly v téměř hudební kadenci. Co vlastně byla tato druhá výzva? Úzkost se mě zmocnila a mé kroky se zrychlily při hledání neznámého cíle. Přímo před sebou se objevila mýtina v stezce, kde se rozcházela a oddělovala. Ale když jsem tam dorazil, k mému překvapení bylo rozdvojení pryč a místo toho jsem sledoval následující scénu: chlapec, tažený dospělým, nahlas plakal. V přítomnosti bezpráví mě ovládla emoce, a proto jsem zvolal:

"Nechte toho kluka jít! Je menší než ty a nemůže se bránit.

"Nebudu! Zacházím s ním tímto způsobem, protože nechce pracovat.

"Ty monstrum! Malí chlapci by neměli pracovat. Měli by studovat a mít dobré vzdělání. Propusťte ho!

"Kdo mě udělá, ty?

Jsem zcela proti násilí, ale v tuto chvíli mě srdce žádalo, abych reagoval před tímto kouskem odpadu. Dítě by mělo být propuštěno.

Jemně jsem chlapce odstrčil od brutality a pak jsem muže začal bít. Ten parchant zareagoval a udeřil mi několik ran. Jeden z nich mě zasáhl prázdnou. Svět se točil a silný, pronikavý vítr napadl celou mou bytost: bílé a modré mraky spolu s rychlými ptáky napadly mou mysl. Za okamžik to vypadalo, Jako by se celé moje tělo vznášelo na obloze. Z dálky mi volal slabý hlas. V dalším okamžiku to bylo, jako bych procházel dveřmi, jeden za druhým jako překážky. Dveře byly dobře zamčené a jejich otevření si vyžádalo značné úsilí. Každé dveře střídavě umožňovaly přístup do salónků nebo do svatyně. V první hale jsem našel mladé lidi oblečené v bílém, shromážděné kolem stolu, na kterém byla uprostřed otevřená bible. Byly to panny, které byly vybrány, aby vládly v budoucím světě. Síla mě vytlačila z místnosti a když jsem otevřel druhé dveře, skončil jsem v první svatyni. Na okraji oltáře byly páleny vonné tyčinky s žádostmi brazilských chudých. Na pravé straně se kněz nahlas modlil a najednou začal opakovat: Věštec! Věštec! Věštec! Vedle něj byly dvě ženy s bílými košilemi. Na nich bylo napsáno: Možný sen. Všechno začalo tmavnout, a když jsem se zorientoval, byl jsem násilně vytažen ven a takovou rychlostí, že se mi to trochu zatočilo. Otevřel jsem třetí dveře a tentokrát jsem našel setkání lidí: pastor, kněz, buddhista, muslim, spiritualista, Žid a představitel afrických náboženství. Byly uspořádány do kruhu a uprostřed byl oheň a jeho plameny obsahovaly název "Svaz národů a cesty k Bohu". Nakonec se objali a zavolali mě do skupiny. Oheň se přesunul ze středu, přistál na mé ruce a vytáhl slovo "učňovská příprava". Oheň byl čistým světlem a nehořel. Skupina se rozpadla, oheň zhasl a znovu jsem byl vytlačen z místnosti, kde jsem otevřel čtvrté dveře. Druhá svatyně byla úplně prázdná a já jsem přistoupil k oltáři. S úctou jsem poklekl k Nejsvětější svátosti, vzal jsem papír, který byl na podlaze, a napsal jsem svou žádost. Přeložil jsem papír a položil ho k nohám obrazu. Hlas, který byl daleko, se postupně stával jasnějším a ostřejším. Opustil jsem svatyni, otevřel dveře, a nakonec jsem se probudil. Po mém boku byl strážce hory.

"Takže jsi vzhůru. Gratulujeme! Vyhráli jste výzvu. Druhá výzva měla za cíl prozkoumat vaši schopnost sebe a jednání. Dvě cesty, které představovaly "Protichůdné strany", se staly jednou a to znamená, že musíte cestovat po pravé straně, aniž byste zapomněli na znalosti, které budete mít při setkání s levicí. Váš přístup zachránil dítě navzdory skutečnosti, že to nepotřebovalo. Celá ta scéna byla mojí vlastní mentální projekcí, abych vás vyhodnotil. Zvolili jste správný přístup. Většina lidí, kteří čelí scénám bezpráví, raději nezasahuje. Vynechání je vážný hřích a osoba se stává spolupachatelem pachatele. Dal jsi ze sebe, jak to pro nás udělal Ježíš Kristus. Toto je lekce, kterou si vezmete celý život.

"Děkuji vám za gratulaci. Vždy bych jednal ve prospěch těch, kteří byli vyloučeni. To, co mě trápí, je duchovní zkušenost, kterou jsem měl dříve. Co to znamená? Můžete mi prosím vysvětlit?

"Všichni máme schopnost pronikat myšlenkami do jiných světů. Tomu se říká astrální cestování. V souvislosti s touto záležitostí existují někteří odborníci. To, co jste viděli, musí souviset s budoucností vaší nebo jiné osoby, nikdy nevíte.

"Rozumím. Vylezl jsem na horu, dokončil první dvě výzvy a musím duchovně růst. Myslím, že brzy budu připraven čelit jeskyni zoufalství. Jeskyně, která dělá zázraky a dělá sny hlubšími.

"Ty třetí musíte provést a já vám řeknu, co to bude zítra. Počkejte na pokyny.

"Áňo, generále. Budu úzkostlivě čekat. Toto Boží dítě, jak jste mi říkal, je velmi hladové a na později připraví polévku. Jste pozváni, madam.

"Báječné. Miluji polévku. To využiji ve svůj prospěch, abych vás lépe poznal.

Podivná dáma odešla a nechala mě o samotě se svými myšlenkami. Šel jsem hledat do lesa přísady do polévky.

Mladá dívka

Když byla polévka hotová, hora už ztemněla. Díky chladnému nočnímu větru a hmyzu je prostředí stále venkovské. Podivná dáma do chatrče ještě nepřišla. Doufám, že do příchodu budu mít vše v pořádku. Ochutnám polévku: Bylo to opravdu dobré, i když jsem neměl všechny potřebné koření. Trochu vykročím z chatrče a přemýšlím o nebi: Hvězdy jsou svědky mého úsilí. Vyšel jsem na horu, našel jsem jejího strážce, splnil dvě výzvy (jedna obtížnější než druhá), potkal jsem ducha a já stále stojím. "Chudí se více snaží o své sny."

Dívám se na uspořádání hvězd a jejich zářivost. Každý z nich má svůj vlastní význam ve velkém vesmíru, ve kterém žijeme. Lidé jsou také důležití stejným způsobem. Jsou bílí, černí, bohatí, chudí, náboženství A nebo náboženství B nebo jakéhokoli systému víry. Všichni jsou děti se stejným otcem. Chci také zaujmout své místo v tomto vesmíru. Jsem myslící bytost bez omezení. Myslím, že sen je k nezaplacení, ale jsem ochoten za něj zaplatit, abych mohl vstoupit do jeskyně zoufalství. Ještě jednou přemýšlím o nebi a pak se vrátím do chatrče. Nepřekvapilo mě, že jsem tam našel strážce.

"Jsi tu už dlouho? Neuvědomil jsem si to.

"Byli jste tak soustředěni v rozjímání o nebi, že jsem nechtěl zlomit kouzlo okamžiku. Kromě toho se cítím jako doma.

"Velmi dobře. Posaďte se na tuto improvizovanou lavici, kterou jsem vyrobil. Podám polévku.

S ještě horkou polévkou jsem podivné paní podával v tykvi, kterou jsem našel v lese. Vítr, který v noci bičoval, mě hladil po tváři a šeptal mi slova do ucha. Kdo byla ta podivná dáma, které jsem sloužil? Zajímalo by mě, jestli mě opravdu chtěla zničit, jak duch naznačoval. Měl jsem o ní mnoho pochybností a byla to skvělá příležitost je vyčistit.

"Je polévka dobrá? Připravoval jsem to s velkou péčí.

"To je nádherné! Co jste použili k jeho přípravě?

"Je vyroben z kamenů. Dělám si srandu! Koupil jsem si ptáka od lovce a použil jsem nějaké přírodní koření z lesa. Kdo ale ve skutečnosti měníte téma?

"Ukazuje hostiteli dobrou pohostinnost mluvit nejprve o sobě. Jsou to čtyři dny, co jste sem dorazili na vrchol hory, a ani si nejsem jistý, jak se jmenujete.

"Velmi dobře. Ale je to dlouhý příběh. Připravit se. Jmenuji se Aldivan Teixeira Tôrres a učím matematiku na univerzitní úrovni. Moje dvě velké vášně jsou literatura a matematika. Vždy jsem byl milovníkem knih a od té doby, co jsem byl velmi malý, jsem chtěl napsat jednu ze svých. Když jsem byl v prvním ročníku na střední škole, shromáždil jsem několik úryvků z knih Kazatel, moudrosti a přísloví. Byl jsem velmi šťastný, i když texty nebyly moje. Ukázal jsem všem s velkou hrdostí. Dokončil jsem střední školu, absolvoval počítačový kurz a na chvíli jsem přestal studovat. Poté jsem vyzkoušel technický kurz na místní vysoké škole. Na znamení osudu jsem si však uvědomil, že to není moje pole. Byl jsem připraven na stáž v této oblasti. Den před zkouškou však vyžadovala podivná síla, abych se vzdal. Čím více času uplynulo, tím větší tlak jsem z této síly pociťoval, dokud jsem se rozhodl zkoušku nepodstoupit. Tlak ustoupil a moje srdce se také uklidnilo. Myslím, že to byl osud, který mě donutil odejít. Musíme respektovat naše vlastní limity. Udělal jsem několik výběrových řízení, byl schválen a v současné době zastávám roli administrativního asistenta školství. Před třemi lety jsem dostal další známku osudu. Měl jsem nějaké problémy, a nakonec jsem se nervově zhroutil. Pak jsem začal psát a za krátkou dobu mi to pomohlo zlepšit se. Výsledkem byla kniha "Vize média", kterou jsem dosud nepublikoval. To vše mi ukázalo, že jsem byl schopen psát a mít důstojné povolání. To si myslím: Chci pracovat a dělat to, co se mi líbí a Chci být šťastný. Je to příliš mnoho na to, aby se ho chudák zeptal?

"Samozřejmě že ne, Aldivan. Máte talent, a to je v tomto světě vzácné. Ve správný čas uspějete. Vítězní jsou ti, kteří věří ve své sny.

"Věřím. Proto jsem tady uprostřed ničeho, kam ještě nedorazily civilizační komodity. Našel jsem způsob, jak vylézt na horu, překonat výzvy. Nyní zbývá jen to, abych vstoupil do jeskyně a uskutečnil své sny.

"Jsem tu, abych vám pomohl. Byl jsem strážcem hory od té doby, co se stala posvátnou. Mým úkolem je pomoci všem snílkům hledajícím jeskyni zoufalství. Někteří se snaží uskutečnit hmotné sny, jako jsou peníze, moc, sociální okázalost nebo jiné sobecké sny. Všechny zatím selhaly a nebylo jich málo. Jeskyně je spravedlivá s udělováním přání.

Konverzace nějakou dobu živě pokračovala. Postupně jsem o to ztrácel zájem, protože mě z chatrče zavolal podivný hlas. Pokaždé, když mi ten hlas volal, cítil jsem nutkání jít ze zvědavosti. Musel jsem jít. Chtěl jsem vědět, co ten podivný hlas v mých myšlenkách znamená. Jemně jsem se s tou ženou rozloučil a vydal se směrem naznačeným hlasem. Co mě čeká? Pokračujme společně, čtenáři.

Noc byla studená a v mé mysli zůstal slabý hlas. Mezi námi bylo jakési podivné spojení. Už jsem prošel několik stop mimo chatu, ale únava, kterou mé tělo cítilo, se zdála být na míle daleko. Pokyny, které jsem mentálně dostal, mě vedly temnotou. Ovládla mě směs únavy, strachu z neznáma a zvědavosti. Čí to byl podivný hlas? Co se mnou chtěla? Hora a její tajemství ... Od té doby, co jsem tu horu poznal, jsem se ji naučil respektovat. Strážce a její tajemství, výzvy, kterým jsem musel čelit, setkání s duchem; všechno se stalo zvláštním. Nebyla nejvyšší na severovýchodě, ani nebyla nejpůsobivější, ale byla posvátná. Mýty o medicíně a mé sny mě k tomu dovedly. Chci vyhrát všechny výzvy, vstoupit do jeskyně a podat žádost. Budu změněný muž. Už nebudu jen já, ale budu mužem, který přemohl jeskyni a její oheň. Dobře si pamatuji slova opatrovníka, abych příliš nedůvěřoval. Vzpomínám si na slova Ježíše, který řekl:

""" Ten, kdo ve mě věří, bude mít věčný život.

Rizika, která z toho plynou, mě nenechají opustit své sny. S touto myšlenkou jsem stále věrnější. Hlas je stále silnější. Myslím, že přijíždím do cíle. Přímo vpředu vidím chatu. Ten hlas mi říká, abych tam šel.

Chata a její osvětlovací oheň jsou na prostorném a plochém místě. Mladá, vysoká, hubená dívka s tmavými vlasy grilovala na ohni druh občerstvení.

"Tak, dorazili jste. Věděl jsem, že mi odpovíš.

"Kdo jsi? Co ode mě chceš?

"Jsem další sníček, který chce vstoupit do jeskyně.

"Jaké zvláštní pravomoci musíte na mě volat svou myslí?

"Je to telepatie, hloupá. Neznáš to?

"Slyšel jsem o tom. Můžeš mě to naučit?

"Jednoho dne se naučíte, ale ode mě ne. Pověz mi, jaký sen tě sem přivedl?

"Nejprve se jmenuji Aldivan. Vylezl jsem na horu v naději, že najdu své Protichůdné strany. Budou definovat můj osud. Když je někdo schopen ovládat své Protichůdné strany, bude schopen dělat zázraky. To je to, co potřebuji, abych splnil svůj sen pracovat v oblasti, která mě baví a díky níž snít mnoho duší. Chci jít do jeskyně nejen pro mě, ale pro celý vesmír, který mi tyto dary poskytl. Budu mít své místo ve světě, a tak budu šťastný.

"Jmenuji se Nadja. Jsem obyvatelem pobřeží Brazilské. V mé zemi jsem slyšel mluvit o této zázračné hoře a její jeskyni. Okamžitě jsem se zajímal o cestu sem, i když jsem si myslel, že všechno je jen legenda. Shromáždil jsem své věci, odešel, dorazil do Mimoso a vydal se na horu. Dosáhl jsem jackpotu. Teď, když jsem tady, půjdu do jeskyně a splním své přání. Budu velká bohyně, zdobená mocí a bohatstvím. Vše mi bude sloužit. Váš sen je prostě hloupý. Proč žádat trochu, pokud můžeme mít svět?

"Mýlíš se. Jeskyně neprovádí drobné zázraky. Neuspějete. Opatrovník vám nedovolí vstoupit. Chcete-li vstoupit do jeskyně, musíte vyhrát tři výzvy. Už jsem dobyl dvě etapy. Kolik jste vyhráli?

"Jak hloupý, výzvy a strážci. Jeskyně respektuje jen ty nejsilnější a sebevědomější. Zítra dosáhnu svých tužeb a nikdo mě nezastaví, slyšíte?

"Víš nejlépe. Když toho budete litovat, bude příliš pozdě. Myslím, že půjdu. Potřebuji trochu odpočinku, protože je pozdě. Pokud jde o vás, nemohu vám popřát hodně štěstí v jeskyni, protože chcete být větší než sám Bůh. Když lidé dosáhnou tohoto bodu, zničí se.

"Nesmysl, vy jste všichni slova. Nic mě nedonutí vrátit se ke svému rozhodnutí.

Když jsem viděl, že je neoblomná, vzdal jsem to, bylo mi jí líto. Jak mohou být lidé někdy, tak malicherní? Lidská bytost je hodná, pouze když bojuje za spravedlivé a rovnostářské ideály. Když jsem kráčel po stezce, vzpomněl jsem si na časy, kdy mi bylo špatně, ať už to bylo špatně označeným vyšetřením, nebo dokonce zanedbáním ostatních. Jsem z toho nešťastný. Kromě toho je moje rodina zcela proti mému snu a nevěří ve mě. To bolí. Jednoho dne uvidí rozum a uvidí, že sny mohou být možné. V ten den, po všem, co se řekne a udělá, zpívám své vítězství a budu oslavovat Stvořitele. Dal mi všechno a vyžadoval, abych se podělil o své dary, protože, jak říká Bible, nezapalujte lampu a nedávejte ji pod stůl. Spíše to položte na vrchol, aby všichni tleskali a byli osvíceni. Stezka se láme a okamžitě vidím chatu, která mě stála tolik potu. Musím jít spát, protože zítra je jiný den a já mám plány pro sebe a pro svět. Dobrou noc, čtenáři. Až do další kapitoly ...

Třes

Začíná nový den. Objevuje se světlo, vánek ranního pohlazení po mých vlasech, ptáci a hmyz mají oslavu a vegetace se zdá být znovuzrozena. Stává se to každý den. Promývám si oči, umývám si obličej, čistím si zuby a koupám se. To je moje rutina před snídaní. Les nenabízí ani výhody, ani možnosti. Nejsem na to zvyklý. Moje matka mě rozmazlila natolik, že mi podávala kávu. Snídám tiše, ale něco mě váží. Jaká bude třetí a poslední výzva? Co se mi stane v jeskyni? Je tolik otázek bez odpovědí, až se mi z něj točí hlava. Ráno postupuje a spolu s ním i moje bušení srdce, obavy a zimnice. Kdo jsem teď byl? Určitě ne stejný. Vyšel jsem na posvátnou horu a hledal osud, o kterém jsem ani já nevěděl. Našel jsem strážce a objevil nové hodnoty a svět větší, než jsem si, kdy dokázal představit. Vyhrál jsem dvě výzvy a nyní jsem musel čelit jen třetí. Třetí mrazivá výzva, která byla vzdálená a neznámá. Listy kolem chaty se pohybují stále tak mírně. Naučil jsem se rozumět přírodě a jejím signálům. Někdo se blíží.

"Ahoj! Jsi tam?

Vyskočil jsem, změnil směr svého pohledu a uvažoval o záhadné postavě strážce. Navzdory svému zjevnému věku vypadá šťastnější a dokonce růžová.

"Jsem tady, jak vidíte. Jaké zprávy jste mi přinesli?

"Jak víte, dnes přijdu oznámit vaši třetí a poslední výzvu. Bude se konat sedmý den tady na hoře, protože to je maximální doba, po kterou zde může smrtelník zůstat. Je to jednoduché a skládá se z následujících věcí: Zabijte prvního člověka nebo zvíře, se kterým se setkáte, když opustíte svou chatu ve stejný den. Jinak nebudete mít právo vstoupit do jeskyně, která vám dává vaše nejhlubší touhy. Co říkáš? Není to snadné?

"Jak to? Zabít? Vypadám jako vrah?

"Je to jediný způsob, jak vstoupit do jeskyně. Připravte se, protože jsou jen dva dny a ...

Celý vrchol hory otřásá zemětřesení o síle 3,7 stupně Richterovy stupnice. Otřes mi zanechává závratě a myslím, že omdlím. Přichází na mysl stále více myšlenek. Cítím, jak se moje síla vyčerpává, a cítím pouta, která mi silně upevňují ruce a nohy. Bleskově se vidím jako otrok, pracuji v polích, kde dominují mistři. Vidím okovy, krev a slyším výkřiky svých společníků. Vidím bohatství, hrdost a zradu plukovníků. Vidím také výkřik svobody a spravedlnosti pro utlačované. Jak je svět nespravedlivý! Zatímco někteří vyhrávají, ostatní jsou ponecháni hnít, zapomenuti. Pouta se rozbijí. Jsem částečně volný. Jsem stále diskriminován, nenáviděn a křivděn. Stále vidím zlo bělochů, kteří mi říkají "negr". Stále se cítím méněcenný. Znovu slyším výkřiky, ale hlas je nyní jasný, ostrý a známý. Třes zmizel a postupně jsem se probral. Někdo mě zvedne. Stále trochu mrzutý, volám:

"Co se stalo?

Zdá se, že strážce v slzách nenašel odpověď.

"Můj synu, jeskyně právě zničila další duši. Vyhrajte prosím třetí výzvu a porazte tuto kletbu. Vesmír se spikne za vaším vítězstvím.

"Nevím, jak vyhrát. Pouze světlo tvůrce může osvětlit mé myšlenky a mé činy. Zaručuji: svých snů se nevzdám snadno.

"Věřím ve vás a ve vzdělání, které jste dostali. Hodně štěstí, Boží dítě! Brzy se uvidíme!

Když to řekla, podivná dáma odešla a byla rozpuštěna v obláčku kouře. Teď jsem byl sám a potřeboval jsem se připravit na poslední výzvu.

Je rozhodný před posledním úkolem.

Je to šest dní, co jsem šel na horu. Celá tato doba výzev a zkušeností mě hodně rozrostla. Snadněji chápu přírodu, sebe i ostatní. Příroda pochoduje ve svém vlastním rytmu a staví se proti přetvářkám lidských bytostí. Odlesňujeme lesy, znečisťujeme vody a uvolňujeme plyny do atmosféry. Co z toho máme? Co pro nás opravdu záleží, peníze nebo naše vlastní přežití? Důsledky jsou tyto: globální oteplování, omezování flóry a fauny, přírodní katastrofy. Copak člověk nevidí, že je to všechno jeho chyba? Ještě je čas. Je čas na život. Dělejte to: Ušetřete vodu a energii, recyklujte odpad, neznečisťujte životní prostředí. Vyžadujte, aby se vaše vláda zavázala k otázkám životního prostředí. Je to to nejmenší, co můžeme udělat pro sebe a pro svět. Když jsem se vrátil ke svému dobrodružství, jakmile jsem vyšel na horu, lépe jsem pochopil svá přání a své limity. Pochopil jsem, že sny jsou možné, pouze pokud jsou ušlechtilé a spravedlivé. Jeskyně je spravedlivá a pokud vyhraji třetí výzvu, splní se mi sen. Když jsem vyhrál první a druhou výzvu, lépe jsem pochopil přání ostatních. Většina lidí sní o bohatství, společenské prestiži a vysokých úrovních velení. Už nevidí, co je v životě nejlepší: profesionální úspěch, láska a štěstí. To, co dělá lidskou bytost opravdu výjimečnou, jsou její vlastnosti, které prosvítají jeho prací. Moc, bohatství a sociální okázalost nedělají nikoho šťastným. To je to, co hledám na posvátné hoře: Štěstí a celková doména "nepřátelských sil". Musím jít trochu ven. Krok za krokem mě nohy vedly ven z chatrče, kterou jsem postavil. Doufám ve znamení osudu.

     Slunce se ohřívá, vítr zesiluje a neobjevují se žádné známky. Jak vyhraji třetí výzvu? Jak budu žít s neúspěchem, pokud nejsem schopen uskutečnit svůj sen? Snažím se negativní myšlenky vytlačit z mysli, ale strach je silnější. Kdo jsem byl před výstupem na horu? Mladý muž, naprosto nejistý, bojí se čelit světu a jeho lidem. Mladý muž, který jednoho dne bojoval u soudu za svá práva, ale nebyla jim přiznána. Budoucnost mi ukázala, že to bylo nejlepší. Někdy vyhrajeme prohrou. Život mě to naučil. Někteří ptáci kolem mě skřípějí. Zdá se, že chápou mé znepokojení. Zítra bude nový den, sedmý na vrcholu hory. Můj osud je touto třetí výzvou v ohrožení. Modlete se, čtenáři, abych mohl vyhrát.

Třetí výzva

Objeví se nový den. Teplota je příjemná a obloha je modrá v celé své nesmírnosti. Líně vstávám a mnul si ospalé oči. Velký den nastal a jsem na něj připraven. Předtím si musím připravit snídani. S přísadami, které se mi podařilo najít den předtím, to nebude tak vzácné. Připravím pánev a začnu rozbíjet chutná slepičí vejce. Tuk stříkající a téměř zasáhne mé oko. Kolikrát v životě se zdá, že nám ostatní ublížili svými úzkostmi. Snídám, trochu odpočívám a připravuji strategii. Třetí výzva se zdá být něco jiného než snadného. Zabíjení pro mě je nemyslitelné. No i tak tomu budu muset čelit. S tímto předsevzetím začínám chodit a brzy jsem z chatrče. Tady začíná třetí výzva a já se na ni připravuji. Beru první stopu a začínám chodit. Stromy u cesty jsou široké a mají hluboké kořeny. Co vlastně hledám? Úspěch, vítězství a úspěch. Neudělám však nic, co by bylo v rozporu s mými zásadami. Moje reputace jde před slávu, úspěch a moc. Třetí výzva mě trápí. Zabíjení pro mě je zločin, i když je to jen zvíře. Na druhou stranu chci vstoupit do jeskyně a požádat. To představuje dvě "opačné síly" nebo "opačné cesty".

Zůstávám na stopě a modlím se, abych nic nenašel. Kdo ví, možná by byla třetí výzva zamítnuta. Nemyslím si, že by opatrovník byl tak velkorysý. Pravidla musí všichni dodržovat. Trochu se zastavím a nemůžu uvěřit scéně, kterou vidím: ocelot a jeho tři mláďata, která kolem mě dovádí. A je to. Matku tří mláďat nezabiju. Nemám srdce. Sbohem úspěch, sbohem jeskyně zoufalství. Dost snů. Třetí výzvu jsem nedokončil a odcházím. Vrátím se do svého domu a ke svým blízkým. Spěšně se vracím do kabiny a sbalím si kufry. Třetí výzvu nedokončím.

Kabina je stržena. Co to všechno znamená? Ruka se lehce dotkne mého ramene. Ohlížím se zpět a vidím strážce.

"Gratuluji, drahá! Splnili jste výzvu a nyní máte právo vstoupit do jeskyně zoufalství. Vyhrál jsi!

Silné objetí, které mi dala, mě pak nechalo ještě více zmateného. Co říkala ta žena? Můj sen a jeskyně se nakonec našly? Nevěřil jsem tomu.

"Co myslíš? Třetí výzvu jsem nedokončil. Podívejte se na mé ruce: Jsou čisté. Nebudu barvit své jméno krví.

"Nevíte? Myslíte si, že by Boží dítě bylo schopné takového zvěrstva, jaké jsem požadoval? Nepochybuji o tom, že jste dost hodni uskutečnit své sny, i když může chvíli trvat, než se stanou realitou. Třetí výzva vás důkladně vyhodnotila a prokázali jste bezpodmínečnou lásku k Božím tvorům. To je pro člověka nejdůležitější věc. Ještě jedna věc: Jeskyně přežije jen čisté srdce. Udržujte své srdce a své myšlenky čisté, abyste to překonali.

"Děkuji Bože! Děkuji, život, za tuto šanci. Slibuji, že vás nezklamu.

Emoce se mě zmocnila, jako nikdy předtím, než jsem vylezl na horu. Byla jeskyně opravdu schopná dělat zázraky? Chystal jsem se to zjistit.

Jeskyně zoufalství

Po vítězství ve třetí výzvě jsem byl připraven vstoupit do obávané jeskyně zoufalství, jeskyně, která realizuje nemožné sny. Byl jsem další snílek, který chtěl zkusit štěstí. Od chvíle, kdy jsem šel na horu, už jsem nebyl stejný. Teď jsem si byl jistý sám sebou a v úžasném vesmíru, který mě držel. Předchozí objetí, které mi podivná žena dala, mě také uvolnilo. Teď tam byla po mém boku a ve všem mě podporovala. To byla podpora, kterou jsem nikdy nedostal od svých blízkých. Můj neoddělitelný kufr mám pod paží. Byl čas, abych se rozloučil s tou horou a jejími tajemstvími. Výzvy, strážce, duch, mladá dívka a hora samotná, které se zdály být naživu, mi všechny pomohly růst. Byl jsem připraven odejít a čelit obávané jeskyni. Strážce je po mém boku a bude mě doprovázet na této cestě ke vchodu do jeskyně. Odcházíme, protože slunce už klesá k obzoru. Naše plány jsou v naprosté harmonii. Vegetace kolem stezky, kterou jsme cestovali, a hluk zvířat činí prostředí velmi venkovským. Zdá se, že mlčení strážce během celého kurzu předpovídalo nebezpečí, která jeskyně obklopuje. Trochu se zastavíme. Zdá se, že hlasy hory mi chtějí něco říct. Využívám této příležitosti k prolomení ticha.

"Mohu se na něco zeptat? Jaké jsou tyto hlasy, které mě tak trápí?"

"Slyšíte hlasy. Zajímavý. Posvátná hora má magickou schopnost sjednotit všechna snící srdce. Jste schopni tyto magické vibrace cítit a interpretovat je. Nedávejte jim však velkou pozornost, protože by vás mohly vést k neúspěchu. Zkuste se soustředit na své vlastní myšlenky a jejich aktivita bude menší. Buď opatrný. Jeskyně dokáže detekovat vaše slabosti a použít je proti vám.

"Slibuji, že se o sebe postarám. Nevím, co mě v jeskyni čeká, ale věřím, že mi osvětlující duchové pomohou. V sázce je můj osud a do jisté míry i zbytek světa.

"Dobře, odpočívali jsme dost. Pokračujme v chůzi, protože to nebude trvat dlouho do západu slunce. Jeskyně by měla být odtud asi čtvrt míle daleko.

Rachot kroků se obnoví. Čtvrt míle dělilo můj sen od jeho uskutečnění. Jsme na západní straně vrcholu hory, kde jsou stále silnější větry. Hora a její tajemství ... Myslím, že ji nikdy úplně nepoznám. Co mě motivovalo vylézt na to? Slib toho, že se nemožné stane možným, a můj instinkt dobrodruha a průzkumníka. Ve skutečnosti mě zabíjelo to, co bylo možné, a každodenní rutina. Nyní jsem se cítil živý a připravený překonat výzvy. Jeskyně se blíží. Už vidím jeho vchod. Vypadá to impozantně, ale nenechám se odradit. Řada myšlenek napadá celou mou bytost. Musím ovládat nervy. Mohli mě včas zradit. Opatrovník signalizuje, aby přestal. Poslouchám.

"To je nejbližší, co se do jeskyně mohu dostat. Poslouchejte dobře, co řeknu, protože to nebudu opakovat: Před vstupem se modlete za Otce svého za svého anděla strážného. Chrání vás před nebezpečím. Při vstupu postupujte opatrně, abyste nepadli do pasti. Po cestě po hlavním chodníku jeskyně se po určitou dobu setkáte se třemi možnostmi: Štěstí, neúspěch a strach. Vybrat štěstí. Pokud se rozhodnete pro neúspěch, zůstanete chudým šílencem, který snil. Pokud zvolíte strach, ztratíte se úplně. Štěstí umožňuje přístup ke dvěma dalším scénářům, které pro mě nejsou známé. Pamatujte: Jeskyně může přežít pouze čistá duše. Buďte moudří a splňte si svůj sen.

"Rozumím. Okamžik, na který jsem čekal od chvíle, kdy jsem šel na horu, dorazil. Děkuji, poručníku, za veškerou trpělivost a horlivost se mnou. Nikdy na tebe nezapomenu ani na chvíle, které jsme spolu strávili.

Když jsem se s ní rozloučil, chytilo mě srdce. Teď jsem to byl jen já a jeskyně, souboj, který by změnil historii světa a také můj. Podívám se přímo na to a vytáhnu baterku z kufru, abych osvětlil cestu. Jsem připraven vstoupit. Moje nohy vypadají před tímto obrem zmrzlé. Potřebuji nabrat sílu, abych mohl pokračovat v cestě. Jsem Brazilec a nikdy se nevzdám. Udělám první kroky a mám mírný pocit, že mě někdo doprovází. Myslím, že jsem pro Boha velmi zvláštní. Zachází se mnou, jako bych byl jeho synem. Moje kroky se začínají zrychlovat, a nakonec vstoupím do jeskyně. Počáteční fascinace je ohromující, ale kvůli pastím musím být opatrný. Vlhkost vzduchu je vysoká a chlad silný. Stalaktity a stalagmity se plní prakticky všude kolem mě. Šel jsem asi padesát metrů a zimnice mi začala dávat husí kůži po celém těle. Všechno, čím jsem si prošel před výstupem na horu, mi začíná přicházet na mysl: ponížení, nespravedlnost a závist ostatních. Zdá se, že každý z mých nepřátel je v té jeskyni a čeká na nejlepší čas, kdy na mě zaútočí. Velkolepým skokem jsem překonal první past. Oheň jeskyně mě téměř pohltil. Nadja takové štěstí neměla. Držel jsem se krápníku ze stropu, který zázračně vydržel mou váhu, se mi podařilo přežít. Musím sestoupit a pokračovat v cestě do neznáma. Moje kroky se zrychlují, ale opatrně. Většina lidí spěchá, spěchá vyhrávat nebo plnit cíle. Fantastická hbitost mě právě zachránila před druhou pastí. Nespočet kopí bylo zvednuto ke mně. Jeden z nich přišel tak blízko, že mě poškrábal na tváři. Jeskyně mě chce zničit. Od nynějška musím být opatrnější. Je to přibližně jedna hodina, co jsem vstoupil do jeskyně, a přesto jsem nedorazil do bodu, o kterém mluvil strážce. Měl bych být blízko. Moje kroky pokračují zrychleně a mé srdce vydává varovné znamení. Někdy nevěnujeme pozornost známkám, které naše tělo dává. To je případ, kdy dojde k selhání a zklamání. Naštěstí to pro mě neplatí. Slyším velmi hlasitý zvuk přicházející mým směrem. Začnu běžet. Za pár okamžiků si uvědomím, že mě pronásleduje obrovský kámen, který se valí velkou rychlostí. Chvíli běhám a náhlým pohybem jsem schopen se dostat pryč ze skály a najít úkryt na boku jeskyně. Když kámen projde, přední část jeskyně je uzavřena a pak se přímo před ní objeví tři dveře. Představují štěstí, neúspěch a strach. Pokud se rozhodnu pro neúspěch, nikdy nebudu nic jiného než chudý šílenec, který jednoho dne snil o tom, že se stane spisovatelem. Lidé se nad mnou slitují. Pokud si vyberu strach, nikdy nebudu růst ani mě svět nezná. Mohl jsem narazit na dno a navždy se ztratit. Pokud zvolím štěstí, budu pokračovat ve svém snu a přejdu do druhého scénáře.

Existují tři možnosti: Dveře napravo, nalevo a jedny uprostřed. Každý z nich představuje jednu z možností: Štěstí, neúspěch nebo strach. Musím se rozhodnout správně. Časem jsem se naučil překonat své obavy: strach ze tmy, strach z toho, že budu sám, a strach z neznáma. Nebojím se ani úspěchu, ani budoucnosti. Strach musí představovat dveře napravo. Neúspěch je výsledkem špatného plánování. Několikrát jsem selhal, ale nedopustil jsem, abych se vzdal svých cílů. Neúspěch by měl sloužit jako poučení pro pozdější vítězství. Porucha musí představovat dveře vlevo. A konečně, prostřední dveře musí představovat štěstí, protože spravedliví se neobracejí ani doprava, ani doleva. Spravedlnost je vždy šťastná. Sbírám sílu a volím dveře uprostřed. Po otevření mám dostatečný přístup do salonku a na střeše je napsáno jméno Štěstí. Uprostřed je klíč umožňující přístup k dalším dveřím. Opravdu jsem měl pravdu. První krok jsem splnil. Zbývají mi další dva. Dostanu klíč a zkusím to ve dveřích. To se hodí perfektně. Otevřu dveře. Umožňuje mi přístup do nové galerie. Začal jsem jít dolů. Mnoho myšlenek zaplavilo mou mysl: Jaké budou nové pasti, kterým musím čelit? K jakému scénáři mě tato galerie povede? Existuje mnoho nezodpovězených otázek. Pokračuji v chůzi a moje dýchání se napíná, protože vzduchu je stále méně. Už jsem prošel asi desetinu míle a musím zůstat pozorný. Slyším hluk a padám na zem, abych se chránil.

Je to hluk malých netopýrů, kteří střílí kolem mě. Nasají mi krev? Jsou to masožravci? Naštěstí pro mě zmizí v rozlehlosti galerie. Vidím tvář a moje tělo se třese Je to duch? Ne. Je to maso a krev a přichází ke mně, připravené k boji. Je to jeden z kněží Bojovník jeskyně. Boj začíná. Je velmi rychlý a snaží se mě zasáhnout na rozhodujícím místě. Snažím se uniknout jeho útokům. Bojuji zpět několika pohyby, které jsem se naučil sledováním filmů. Strategie funguje. Vyděsí ho to a trochu se pohne dozadu. Útočí svým bojovým uměním, ale jsem na to připraven. Zasáhl jsem ho do hlavy skálou, kterou jsem zachytil v jeskyni. Upadne do bezvědomí. Jsem naprosto proti násilí, ale v tomto případě to bylo bezpodmínečně nutné. Chtěl bych jít na druhý scénář a objevit tajemství jeskyně. Začínám znovu chodit a zůstávám pozorný a chráním se před novými pasti. Při nízké vlhkosti fouká vítr a já se stávám pohodlnějším. Cítím proudy pozitivních myšlenek vyslaných Horská stráž. Jeskyně ještě více ztmavne a transformuje se. Virtuální labyrint se ukazuje rovně. Další z pastí jeskyně. Vstup do labyrintu je dokonale viditelný. Ale kde je východ? Jak vstoupím a neztratím se? Mám jen jednu možnost: Překročit labyrint a riskovat. Buduji odvahu a začínám dělat první kroky ke vstupu do bludiště. Modlete se, čtenáři, abych našel východ. Nemám na mysli žádnou strategii. Myslím, že bych měl použít své znalosti, abych mě dostal z toho nepořádku. S odvahou a vírou se ponořím do bludiště. Zevnitř to vypadá více matoucí než zvenčí. Jeho stěny jsou široké a klikatá. Začínám si vzpomínat na životní okamžiky, kdy jsem se ocitl ztracen jako v bludišti. Smrt mého otce, tak mladého, byla skutečnou ranou do mého života. Čas, který jsem strávil nezaměstnaný a neštudoval, mi také způsobil, že jsem se ztratil jako v bludišti. Teď jsem byl ve stejné situaci. Pokračuji v chůzi a zdá se, že labyrint nemá konce. Už jste se někdy cítili zoufalí? Tak jsem se cítil naprosto zoufalý. Proto má název jeskyně zoufalství. Nasbírám poslední kousek síly a vstávám. Musím za každou cenu najít cestu ven. Jeden poslední nápad mě zasáhne; Podívám se ke stropu a vidím mnoho netopýrů. Budu následovat jednoho z nich. Říkám mu "kouzelník". Čaroděj by dokázal dobýt bludiště. To je to, co potřebuji. Netopýr letí velkou rychlostí a já s tím musím držet krok. Je dobré, že jsem fyzicky zdatný, téměř sportovec. Vidím světlo na konci tunelu, nebo ještě lépe, na konci labyrintu. Jsem zachráněn.

 Konec labyrintu mě přivedl k podivné scéně v galerii jeskyně. Místnost ze zrcadel. Chodím opatrně ze strachu, že něco zlomím. Vidím svůj odraz v zrcadle. Kdo jsem teď? Chudák mladý snílek, který se chystá objevit svůj osud. Vypadám zvlášť znepokojeně. Co to všechno znamená? Stěny, strop, podlaha, vše je složeno ze skla. Dotýkám se povrchu zrcadla. Materiál je tak křehký, ale věrně odráží aspekt vlastního já. Okamžitě se ve třech zrcadlech objeví zřetelné obrazy, dítě, mladý člověk s rakví a starý muž. Všichni jsou mnou. Je to vize? Opravdu mám dětské aspekty, jako je čistota, nevinnost a víra v lidi. Nemyslím si, že se těchto vlastností chci zbavit. Mladý patnáctiletý muž představuje v mém životě bolestivou fázi: ztrátu mého otce. Navzdory jeho přísným a rezervovaným způsobům byl mým otcem. Stále na něj s nostalgií vzpomínám. Starší muž představuje mou budoucnost. Jak to bude Budu úspěšný? Ženatý, svobodný nebo dokonce ovdovělý? Nechci být vzpurný nebo zraněný starý muž. Dost s těmito obrázky. Můj dárek je teď. Jsem mladý muž ve věku šestadvaceti let s diplomem z matematiky, spisovatel. Už nejsem dítě ani patnáctiletý, který přišel o otce. Také nejsem starý muž. Mám svou budoucnost před sebou a chci být šťastný. Nejsem žádný z těchto tří obrazů. Jsem sám sebou. Při nárazu se tři zrcadla, ve kterých se jednotlivci objevili, rozbijí a objeví se dveře. Je to můj vstup do třetího a posledního scénáře.

 Otevřu dveře umožňující přístup do nové galerie. Co mě čeká ve třetím scénáři? Společně pokračujme, čtenáři. Začal jsem chodit a mé srdce se zrychlovalo, jako bych byl stále v první scéně. Překonal jsem mnoho výzev a nástrah a už se považuji za vítěze. V duchu hledám vzpomínky na minulost, když jsem hrál v malých jeskyních. Nyní je situace úplně jiná. Jeskyně je obrovská a plná pastí. Moje baterka je téměř mrtvá. Pokračuji v chůzi a přímo před sebou se objevuje nová past: dvě dveře. "Protichůdné síly" křičí ve mně. Je nutné učinit novou volbu. Připadá mi jedna z výzev a pamatuji si, jak jsem měl odvahu ji překonat. Vybral jsem si cestu vpravo. Situace je však jiná, protože jsem uvnitř tmavé, vlhké jeskyně. Rozhodl jsem se, ale také si začínám pamatovat slova opatrovníka, který hovořil o učení. Potřebuji tyto dvě síly poznat, abych nad nimi měl úplnou kontrolu. Vybírám dveře vlevo. Pomalu ji otevírám; strach z toho, co to může skrývat. Když ji otevírám, uvažuji o vizi: Jsem uvnitř svatyně, naplněné obrazy svatých s kalichem na oltáři. Může to být svatý grál, ztracený kalich Krista, který dává věčné mládí těm, kteří z něj pijí? Nohy se mi třesou. Impulzivně jde do kalichu a pije z něj. Víno chutná nebesky, bohů. Cítím se závratě, svět se točí, andělé zpívají a areál jeskyně se chvěje. Mám své první vidění: Vidím Žida jménem Ježíš, spolu s jeho apoštoly, jak uzdravuje, osvobozuje a učí nové pohledy na svůj lid. Vidím celou trajektorii jeho zázraků a jeho lásky. Vidím také zradu Jidáše a Ďábla jednajícího za jeho zády. Nakonec vidím jeho vzkříšení a slávu. Slyším hlas, který mi říká: Požádej. S radostí zní: Chci se stát Vidoucím!

Zázrak

Brzy po mé žádosti se svatyně chvěje, plní kouřem a já slyším změněné hlasy. To, co odhalují, je zcela tajné. Z kalicha vychází malý oheň a přistane v mé ruce. Jeho světlo proniká a osvětluje celou jeskyni. Stěny jeskyně se transformují a ustupují malým dveřím, které se objeví. Otevírá se a začíná mě k tomu tlačit silný vítr. Všechno mé úsilí mi přijde na mysl: Moje oddanost studiu, způsob, jakým jsem dokonale dodržoval Boží zákony, výstup na horu, výzvy, a dokonce i tento samotný průchod do jeskyně. To vše mi přineslo úžasný duchovní růst. Nyní jsem byl připraven být šťastný a plnit si své sny. Tolik obávaná jeskyně zoufalství mě přinutila učinit můj požadavek. Vzpomínám si také v této vznešené chvíli na všechny, kteří se přímo či nepřímo podíleli na mém vítězství: Moje učitelka na základní škole, paní Socorro, která mě učila číst a psát, moji učitelé života, moji přátelé ze školy a práce, moje rodina a strážce, který mi pomohl překonat výzvy, a právě tuto jeskyni. Silný vítr mě stále tlačí ke dveřím a brzy budu uvnitř tajné komory.

Síla, která mě tlačila, konečně ustává. Dveře se zavřou. Jsem v extrémně velké komnatě, která je vysoká a temná. Na pravé straně je maska, svíčka a Bible. Vlevo je mys, lístek a kříž. Ve středu, vysoko, je zajímavě vypadající kruhový přístroj ze železa. Jdu směrem k pravé straně: nasadím si masku, popadnu svíčku a otevřete Bibli na náhodnou stránku. Jdu směrem k levé straně: obléknu si pláštěnku, napíšu své jméno a alias na lístek a druhou rukou zajistím krucifix. Jdu směrem ke středu a umístím se přesně pod aparát. Vyslovím čtyři magická písmena: Věštec. Zařízení okamžitě vyzařuje kruh světla a úplně mě obklopuje. Cítím kadidlo, které se každý den spaluje na památku velkých snílků: Martina Luthera Kinga, Nelsona Mandely, Matky Terezy, Františka z Assisi a Ježíše Krista. Moje tělo vibruje a začne plavat. Mé smysly se začínají probouzet as nimi dokážu hlouběji rozpoznat pocity a záměry. Moje dary jsou posíleny a s nimi jsem schopen dělat zázraky v čase a prostoru. Kruh se stále více uzavírá a každý pocit viny, nesnášenlivosti a strachu je vymazán z mé mysli. Jsem téměř připraven: Začala se objevovat posloupnost vizí, které mě zmátly. Nakonec kruh zhasne. V okamžiku se otevře řada dveří a díky svým novým darům vidím, cítím a slyším dokonale. Začaly se objevovat výkřiky postav, které se chtějí projevit, odlišné časy a místa a mé srdce začaly korodovat významné otázky. Je zahájena výzva stát se jasnovidcem.

Opuštění jeskyně

www.ingramcontent.com/pod-product-compliance
Lightning Source LLC
LaVergne TN
LVHW020449080526
838202LV00055B/5393